SAINT-POL-ROUX

—

ANCIENNETÉS

— POÈMES —

PARIS
SOCIÉTÉ DV MERCVRE DE FRANCE
XXVI, RVE DE CONDÉ, XXVI

—

MCMIII

Hommage de l'auteur

SAINT-POL-ROUX

"Chaumière de Divine"
à ROSCANVEL
(Finistère).

DU MÊME AUTEUR

LA DAME A LA FAULX, tragédie............... 1 vol.

LA ROSE ET LES ÉPINES DU CHEMIN, poèmes en prose.................................. 1 vol.

L'AME NOIRE DU PRIEUR BLANC, légende dramatique................................. 1 vol.

LES REPOSOIRS DE LA PROCESSION (édition initiale). 1 vol.

LES SAISONS HUMAINES, épilogue dramatique.... 1 vol.

A paraître :

LES PÊCHEURS DE SARDINES, drame.

LE TRAGIQUE DANS L'HOMME, drame.

DE LA COLOMBE AU CORBEAU PAR LE PAON, poèmes en prose.

ANCIENNETÉS

Il a été tiré de cet ouvrage :

Quinze exemplaires sur papier de Hollande numérotés de 1 à 15.

JUSTIFICATION DU TIRAGE :

267

SAINT-POL-ROUX

—

ANCIENNETÉS

— *POÈMES* —

PARIS
SOCIÉTÉ DV MERCVRE DE FRANCE
XXVI, RVE DE CONDÉ, XXVI

—

MCMIII

A

LÉON DIERX

SEUL ET LA FLAMME

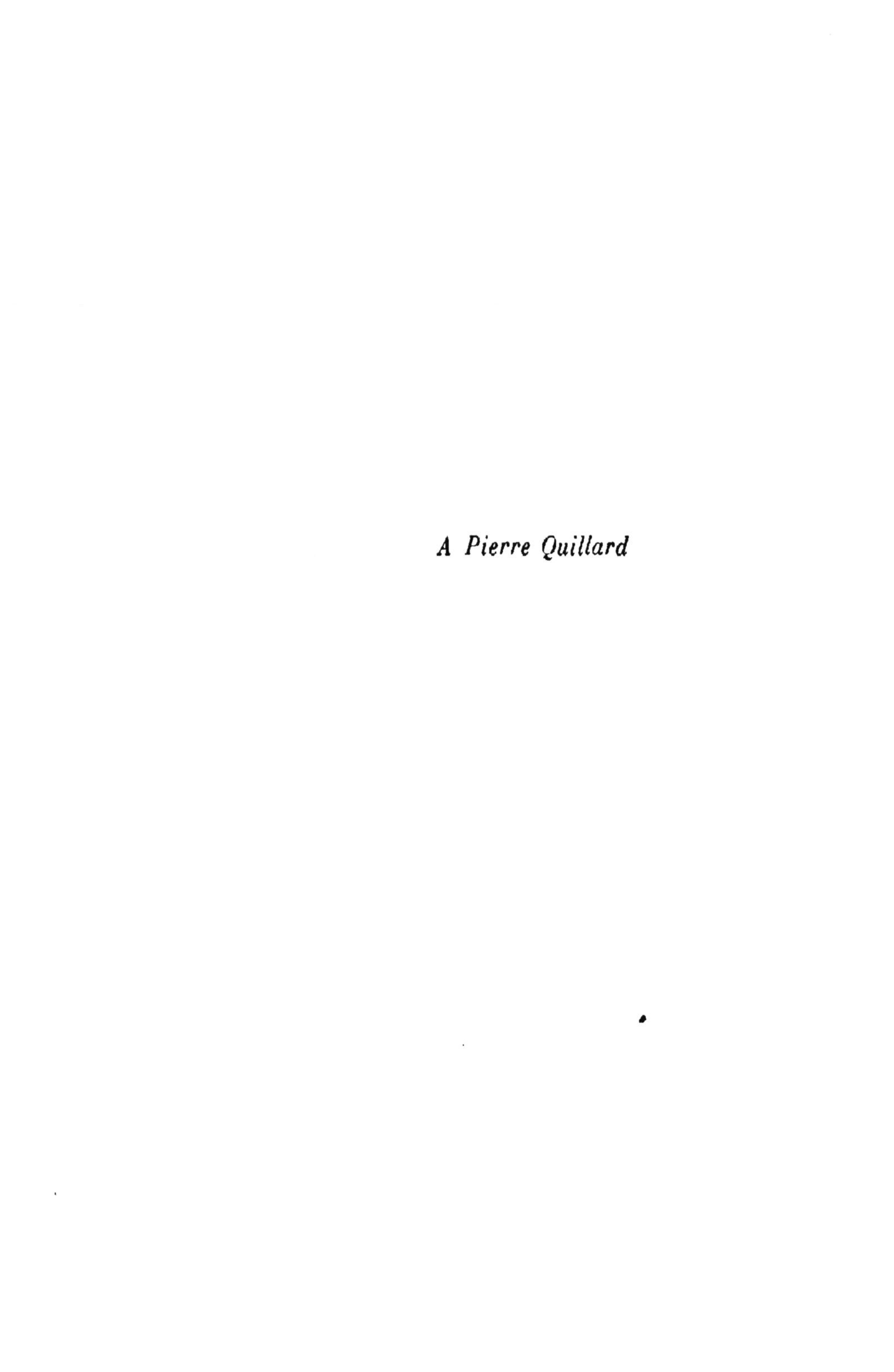

A Pierre Quillard

SEUL ET LA FLAMME

C'était au temps abstrait de Seul : futur, l'objet
S'essayait vers la ligne où le vœu sera chose ;
L'âme, aux ailes de plan ouvertes pour le jet,
Aspirait à l'argile en le gré de la Cause.

Or Seul, hanté par l'odorance du Jardin
Prêt à jaillir des hauts sillons de sa pensée,
Vit se cabrer devant son mystère, soudain,
Le saisissable éclat d'une Flamme avancée.

— « Ton nom, s'écria Seul, feu que n'a pas conçu
Mon ensealissime et tranquille génie ?
Je ne t'ai pas pensé, tu n'es pas mon issu.
O Seul, serais-je Deux dans ma vierge harmonie?

Oui, j'émettrai l'azur et ses ardents raisins,
Je gonflerai des monts et je suerai des fleuves,
Aux flots je donnerai les chênes pour voisins,
Je créerai l'olivier pour les colombes neuves.

Sublime apothéose offerte au devenir
Sans perdre le triomphe entier de sa corolle,
Me voici grandiose au seuil de l'avenir
Car je vais m'effeuiller avec une parole.

Mais mon poème n'est encore qu'en zéros
Divinement couvés par ma caresse énorme ;
De ces œufs, prometteurs de nombres au chaos,
Rien n'émana déjà dans l'arrêt d'une forme.

Espace pour l'oiseau, glèbe pour les moissons,
De mon front chaque chose est toujours à descendre,
Les océans prochains ne sont que des frissons,
Les soleils imminents des tisons sous la cendre.

L'Absolu récusant à jamais le sommeil,
Tu n'es donc pas l'inconscient effet d'un songe,
De l'ombre vaste où se pavane mon éveil
Non plus ne saurait sourdre une œuvre de mensonge.

Tu t'agrippes pourtant, ô pieuvre de lueur,
A même la prunelle interdite de l'Être,
Et ma science attend sous sa tempe en sueur
Le rayon divulguant ta raison d'apparaître.

Hypothèse d'un corps que Seul exprimera,
Il faut que son foyer soit géant dans le proche
Pour transsuder ainsi de ce qui germera
Et dès lors s'affirmer par l'éclat qui m'accroche.

Je crois donc, avenir d'une réalité,
Que tu viens, devançant l'Age des Créatures,
Ouraganer la paix de mon éternité
Afin que je m'apprête aux tempêtes futures.

Vite déchiffre-moi cette énigme de feu
Qu'alimentent, bizarre amas d'allégories,
Des fanfares, des paons, des blasphèmes à Dieu,
Des serments tronçonnés et des chocs de patries.

Oh dis, spectre à rebours, la Force de demain
Que tu fais pressentir par une telle emprise
Que ma barbe si blonde a blanchi de surprise! »
Et la Flamme lança: « Je suis l'Orgueil Humain. »

Mars 1885.

LA PREMIÈRE FEMME

A Victor Hugo

LA PREMIÈRE FEMME

Sourire enclos en des fleurs de rosier
Je vis de par la magnifique haleine
Et je triomphe, avec dans le gosier
Le chant joli des ailes de la plaine.

Dieu, je suis toi dans un creux de la main,
Reflet resté de ta coquetterie
En quelque pluie où d'un regard humain
Se dut mirer ton unité fleurie.

Nue, or je vais sous l'arc vif du soleil
Qui me mûrit la joue à sa lumière
Et chaque tournesol gire en éveil
Car je suis belle d'être la première.

Mais, ô Maître, pourquoi ce lâche écueil
Que tu sculptas au cœur de ton chef-d'œuvre ?
Sur mes instincts déjà grince l'orgueil
Et mes désirs se lovent en couleuvre.

A l'horizon rouillé du monde vieux
Je m'apparais avec la face double :
Ici j'offre le miel de mes grands yeux,
Là j'épands le poison de mon sang trouble.

Durant l'épais mystère du chaos
Quel dessein noir te heurtait à la tempe,
Et ce dessein, finalement éclos,
N'est-ce pas lui cette chose qui rampe ?

Fis-tu la femme afin de courroucer
L'ami captif en son argile d'homme
Puisque je sens les ongles me pousser
Et mon œil bleu jaillir vers cette pomme ?

Si c'est pour une telle royauté
Que tu sortis Ève de ta paresse
Et si tu veux méchante la Beauté,
Que ne m'as-tu supprimé la caresse ?

Alors du moins, franche bouche qui mord,
J'aurais servi ta sombre loi de haine,
Éparpillant la misère et la mort,
Sans éprouver jamais la moindre peine

Et, pitoyable esclave sans rachat,
Femelle irresponsable de ton signe,
Je n'eusse pas mérité le crachat
Des enfants nés de ma rose maligne.

1890.

LE PALAIS D'ITHAQUE

AU RETOUR D'ODYSSEUS MÉTAMORPHOSÉ EN MENDIANT

A André Fontainas

LE PALAIS D'ITHAQUE

AU RETOUR D'ODYSSEUS MÉTAMORPHOSÉ EN MENDIANT

L'éloquence des nuits clignote sur Ithaque.
Un chœur d'avènement palpite dans les bois.
Sur les cadences d'huile une carène craque
Puis le sable trahit des pas vus autrefois.

La Reine, sur l'ivoire et l'argent de son thrône,
Sculptée, enclose des douze agrafes d'or fin
De son peplos, rêvant, hèle comme une aumône
L'Absent au casque vif dont son vieux jeûne a faim.

Par la kithare emplis des torrents du kratère
Et le ventre doublé de ventres de brebis,
Les Prétendants, sur les toisons des mets, par terre,
Ont des rires baveux plein leur trogne rubis.

Dans leur haleine d'ail coassent des grenouilles
Et leur vie est aveugle aux Kèrs au doigt fatal
Tandis que le brasier hérisse entre les rouilles
Des armes des cloisons un réveil de métal.

Les Femmes-aux-bras-blancs, dans l'impouvoir du mâle,
S'entrecueillent leur rose aux lueurs de leurs yeux
Dans l'appartement clos où le paros très pâle
Jalonne le logos négligeable des Dieux.

Dehors, la main tendue au chambranle de frêne,
Un soleil de vengeance accroupi dans les nuits
De ses hideurs d'emprunt, le Rêve de la Reine
A l'air d'un tas de paille où pourrissent des fruits.

1885

LE BOUC ÉMISSAIRE

A Jean Richepin

LE BOUC ÉMISSAIRE

Les yeux hébreux font une bague au Tabernacle
Où germe le pardon que marchande Israël.
Jéhovah l'Offensé songe en son habitacle
De sittim odorant qu'ouvragea Bésalel.

Ce songe est tapissé de pourpre, d'hyacinthe,
De cramoisi ; des colonnettes sveltes d'or
En sont les gardiens clairs, et d'argent est leur plinthe.
L'encens nimbe d'un lange avare le Trésor.

Dedans palpitent les merveilles de l'orfèvre
Et puis du tisserand au rythme souverain,
Dehors, sur la cloison d'ingénus poils de chèvre,
Giclent, au soleil vif, des agrafes d'airain.

Tandis qu'un jeûne sec dégonfle tous les ventres,
Le repentir gave les cœurs à son banquet.
Les tentes ont l'aspect formidable des antres
On entend y rugir les lions du regret.

Chaque pécheur fait la toilette de son âme
Où des oiseaux pernicieux se sont blottis.
Puis, ces oiseaux livrés à l'aquilon du blâme,
Il les mande aux pipeaux dressés dans le parvis.

*
* *

Or, ces pipeaux sont les doux membres du Grand Prêtre
Insigne parmi sa chemise en lin retors;
Son âge fait pleuvoir de longs cheveux d'ancêtre,
Un triste enthousiasme ouragane son corps.

Fraîchement émané de la cuve limpide,
Il attend, pur de peau tels que sont les poissons,
Il attend, magistral, officiel, avide,
Et son sexe fané dort sous des caleçons.

Pour capter les péchés dont le peuple s'allège
Son zèle s'est donné les accents d'un appeau ;
Dupés, les essaims noirs s'abattent sur sa neige,
Et le Pontife est mâchuré par ce fardeau.

Ses bras ayant plongé dans des bêtes à cornes,
Il a l'air de brandir deux sarments enflammés
Ou semble ces captifs qui dans les geôles mornes
Ont massacré leurs poings de leurs dents d'affamés.

A ses côtés, mystérieux comme des grottes,
Les Sacrificateurs ont des poses d'agneaux
Sous les rochets, les baudriers et les calottes,
Mais les fleurs de leurs yeux s'effeuillent en couteaux.

*
* *

Voici paraître un bouc aspect de la ténèbre.
Le Grand Prêtre, étranglant le coupable gibier,
En charge le dos vil d'un geste si funèbre
Que la bête a ridé sa face d'usurier.

Les Tribus alentour piochent du front la terre,
La contrition fume comme un encensoir.
Les Lévites enfin signalent de se taire
Car le Pontife blanc va parler au bouc noir.

Lors le vieillard massif clame selon le rite.
Sa tempête de cèdre et les dards de ses yeux
Troublent les chérubins qu'Oliab le Danite
Enta sur les tapis du mischkan précieux :

— « O bête, qui, parmi le parfum et le psaume,
Étales ton ordure digne du talon,
Va porter au désert les méfaits d'un royaume
Qui brigue la vertu des lys de Zabulon !

Israël a flétri les Lois Harmonieuses
Dont Jéhovah durant le frénétique jour
Orna le patriarche aux cornes radieuses
Sur le Sina, dans le rosier de son amour.

Israël a trahi la splendide alliance
Que tressèrent jadis ses aïeux et Celui
Qui promit une immarcessible confiance
En leur faisant compter les raisins de la nuit.

Les Tribus ont fâché le Père aux mains fertiles
Qui, pour moudre nos chaînes comme des moissons,
Rouilla le Nil très blond sculpté de crocodiles
Et fit de nos geôliers le festin des poissons;

Qui, dans la suite, apprivoisa le désert fauve
Où la manne neigeait sur les scorpions roux
Et les ruisseaux — tels des cheveux, d'un crâne chauve —
Jaillissaient joliment des stériles cailloux.

C'est Lui qui nous guida vers la Terre Promise,
Refusant au Jourdain le fruit de notre orteil,
Et la servit, ainsi qu'une ample friandise,
A Josué le dextre oiseleur du soleil.

Ici l'arbre jamais ne leurre les corbeilles,
Les ruches on dirait de vivants coffres d'or,
Les vignes ont du vin plein leurs pendants d'oreilles,
Et les montagnes sont enceintes d'un trésor.

Ici la vierge, liliale et sans astuce,
Est l'opulent écrin qu'ouvrira le mari.
Ici la lèpre fuit les sexes sans prépuce
Et le père jamais n'eut le baiser tari.

Ici tout est charmé, les berceaux et les tombes,
Les bras sont des rameaux, l'esprit est sans verroux,
Les orages sont faits par l'aile des colombes
Et les bercails ne sombrent pas au sein des loups.

Toutefois ce royaume a montré le cou raide
Au Joaillier de ses victorieux matins.
O bouc puant, c'est pour jolir son âme laide
Que je vais te chasser vers les sables lointains.

Emporte l'œil qui pourlécha la vaine idole,
Les faux serments crachés au ciel en souriant,
Le froment refusé devant le seuil frivole
Au crabe que tendait l'aride mendiant.

Emporte le blasphème et le fiel des envies
Et la main qui plongea dans les sacs étrangers,
Emporte le couteau des éteigneurs de vies
Et les astres couchants par l'aurore outragés.

Emporte les sabbats où l'avide besogne
Songeait au bain futur fait de sicles d'argent
Et l'obstacle placé devant ce sage ivrogne
Des ténèbres, l'aveugle au bâton indulgent.

Emporte la luxure au geste délétère
Semant dans le chaos d'un illusoire hymen,
Emporte l'équivoque et visqueux adultère
Qui change en durs oiseaux les pierres du chemin.

Tous les crimes enfin dont le spectre consterne
Un peuple naufragé dans son regret de sel,
Toi qui perds à jamais ton miroir de citerne,
O bouc, va les servir au farouche Azazel ! »

⁂

Après l'amer torrent de ces rudes paroles,
Il entre au sanctuaire endosser l'habit fier
Pour reparaître au son des campanettes folles
Qui frangent son méhil d'un gazouillement clair.

Prompt, Israël se dresse et ses lèvres d'ivoire
Mûrissent à la braise d'un hymne vermeil,
Le Grand Prêtre que vêt l'hyacinthe de gloire
Splendit sur l'hosanna comme un jeune soleil.

Le pectoral aux douze pierres précieuses
Mariant les Tribus en un gai firmament,
Tel l'éventail d'un paon aux plumes curieuses,
Bariole l'éphod d'un pur tressaillement.

La tiare éparpille les rais d'une lame
Où triomphe, gravé, le nom de l'Éternel.
Or, de la barbe aussi noble qu'une oriflamme,
Ruisselle un miel clément, paisible, paternel.

Mais un glaive soudain, rire froid et superbe,
Sur l'autel du parvis a fauché deux béliers,
Alors le Peuple, absous par la sanglante gerbe,
S'épanouit, les yeux pareils aux chandeliers.

Et c'est vers l'azur chaste un avril d'aubépines
Ferventes essorant des prestes encensoirs
Et les bouches se cueillent, roses sans épines,
Parmi les danses qui font croire à des pressoirs !

Ce pendant le bouc noir, en la chaîne rageuse
Qui durement l'entraîne au désert sans pâtis,
Bêle vers le bercail où sa chèvre neigeuse
Pleure son jeune lait sur leurs vierges cabris.

Novembre 1886.

LA MAGDELEINE AUX PARFUMS

A Catulle Mendès

LA MAGDELEINE AUX PARFUMS

Le Bel au front de sacre éventé par la palme
Honore de sa faim l'orthodoxe Simon.
L'olive et le raisin, son pressoir de dents calme
En fait l'offrande fraîche à son divin limon.

*
* *

Depuis la Crèche où zézayaient les ailes blanches
Des séraphins éclos parmi l'avènement
Et depuis Nazareth où l'on sciait des planches,
Nombreux fut le voyage, aussi l'événement.

Il est allé, versant la pacifique obole
En les cœurs tourmentés de la frêle maison;
Il a passé, contant la claire parabole
Où se marient le grain, la plume, la toison.

Genoux et bras chargés de puériles joues,
Maintes fois il parut un humain oranger.
Les femmes de la plaine, analogues aux proues
Vers le salut, appareillaient vers l'Étranger.

Céramique des puits, jarres de Samarie,
Il vous enjolivait d'une phrase de ciel.
Du haut de la colline il prêchait la prairie,
Et ce n'était qu'épis, que bruit d'aile, que miel.

Par un geste efficace autant qu'une harangue,
Il raviva la perle en le chaton des cils.
Les muets à la main souple comme une langue,
Il leur mit dans la gorge un nid plein de babils.

Il conquit, moyennant le chanvre aux mille mailles,
Les joyaux savoureux qui vivent dans les eaux.
Il fut le boulanger sans four et sans semailles.
Il ralluma la lampe maigre des tombeaux.

Tel, il eût pu florir emmi la Galilée
Où les regards l'ornaient d'un hommage de paon,
Mais il n'oubliait point qu'à sa vie exilée
Fut prédit le trépas vilain du chenapan.

C'est pour cela qu'assis sur son trône qui marche,
Une mule docile aux prunelles de jais,
Il traverse la foule en jeune patriarche,
Émerveillant les gueux d'un espoir de palais.

Il porte aux funérailles sa splendeur de cygne
Afin de consommer le serment éternel.
Sur un farouche mont deux rameaux lui font signe,
Que n'a pas caressés le rabot paternel.

⁂

A table chaque bras, tel un cou de cigogne,
Alimente la bouche avec son bec de main,
Les Disciples aux traits couleur de la besogne
Mangent, vieillis par la poussière du chemin.

Tandis que, pavoisé d'un air de fiançailles,
Le Bel ouvre son âme, harmonieux grenier,
A l'écart, sous l'auvent de ses torves broussailles,
L'Iscariote attise un œil comme un denier.

Déjà se sont vidés les plats et les corbeilles
Quand survient une femme au visage de fard
Et dont la chevelure est un essaim d'abeilles.
Simon l'Amphitryon sursaille, aigre et blafard.

— « N'est-ce pas le Scandale qui sort de son antre
A l'heure oblique afin de marchander aux chairs
Veuves d'abri le vestibule de son ventre ? »
Sur son épaule un vase empli de parfums chers,

Lentement la publique va vers le Messie
Avec tous les ramiers de l'angoisse en son sein.
Les convives ont peur sous ses yeux de cassie,
Car elle est belle ainsi que l'on est assassin.

Se fanant à genoux, elle épand la magie
De son urne d'albâtre sur les pieds du Bel
Pendant que de l'ardente face d'élégie
Crèvent éperdûment les réservoirs de sel.

La pécheresse enfin se tord entre la pieuvre
Énorme des remords qui la tenaille au sol.
On dirait qu'un marteau fit tomber un chef-d'œuvre.
Une âme se lamente en le gracile col.

⁂

Les parfums gravissant le sentier des narines,
C'est, au cerveau de tous, un prompt enchantement
Qui sous la cloche taciturne des poitrines
Fait se pâmer les cœurs délicieusement.

Dans les crânes, des anges tissent en mirage
Un spontané vallon de fenouil et de thym
Avec, à son mitan, un timide village
Symbolisant le repentir de la putain.

Étrange vision de candides miracles!
Brebis enseignant à bêler aux loups gloutons ;
Ventres de monstres, purs comme des tabernacles ;
Torrents à pic, plus doux que des dos de moutons.

Pâle, un corbeau roucoule un vieil air des légendes ;
Une colombe endeuille ses plumes de lys ;
Les serpents ne sont plus que flexibles guirlandes
D'oiseaux bleus aspirés par les faims de jadis.

Rompus, des tournesols, orphelins de ton charme,
O Magdeleine, effarent l'herbe d'encensoirs.
Là-bas, près d'un tronc mort, une tombe sans larme
Recèle, au lieu d'un corps, un rire et des miroirs.

***

Alors Celui tombé du pommier de Marie
Sur la paille parmi l'encens, la myrrhe et l'or,
Se lève, étend les mains sur la chair de féerie
Et dit ces mots pareils aux pièces d'un trésor :

— « Fille qui, suppliant le Fils à barbe d'astre,
As choisi pour miroir l'ongle de mon orteil,
J'admire l'hirondelle éclose en ton désastre,
Et la honte me plaît qui t'a peinte en soleil.

C'est bien de tendre ses vertèbres à la corde.
O toi qui me chaussas de suaves parfums
Pour que le bleu pardon, fleur de miséricorde,
Étoilât le fumier de tes péchés défunts.

Mon âme est maternelle ainsi qu'une patrie
Et je préfère au lys un pleur de sacripant.
Les regrets sont la clef bonne à ma bergerie,
Je fais une brebis du loup qui se repent.

Venez, tous les vaincus aux griffes du reptile,
Le faible sans sourire et le pauvre sans fleur,
J'ouvre l'amène auberge de mon évangile
Aux vagabonds fourbus des routes de douleur.

C'est pour vous seuls, gens de misère ou de rapines,
Que sous le fouet j'irai vers le mont des rachats,
Ayant sur mon génie un royaume d'épines
Et le long de ma peine un manteau de crachats.

Les malins m'y cloueront au sycomore infâme
Et leur regard de fer me percera le flanc,
Mais de ce large trou s'envolera mon âme
Et tout s'anoblira de son passage blanc.

Or je veux d'ici-bas, rosier des allégresses
En humiliation devant mon front d'azur,
Je veux, avec les roses qui sont tes caresses,
Composer ta couronne d'archange futur.

Car j'applaudis à la détresse nonpareille
Qui fait jaillir deux océans de tes grands yeux,
O Fille au nom joli comme un pendant d'oreille
Et dont le corps sera le diamant des cieux !

Ta beauté ne pouvait sombrer dans la tempête,
O tragique symbole de la charité,
Cueille donc une palme au palmier de ma fête :
Être belle, vois-tu, c'est de l'éternité !

Souris! Par le chemin léger de ton haleine
Un ange s'est blotti sous ta peau de baiser.
Retourne vers le peuple et dis-lui, Magdeleine,
Qu'une larme a suffi pour te diviniser! »

*
* *

La chevelure en pleurs à la façon des saules,
L'intruse se leva comme on sort de la mer.
Un frisselis subtil à fleur de ses épaules
Indiquait que deux ailes germaient de sa chair.

Tous enfin, revenus du magique village
Et se frottant les yeux comme après le sommeil,
Suivirent, à genoux dans le joli sillage,
La femme au cœur plus grand qu'un lever de soleil.

Paris, mai 1887.
Beg-Meil, en Bretagne, octobre 1890.

LAZARE

A Villiers de l'Isle-Adam

LAZARE

Au verbe de Jésus, le cadavre vagit.
Le sépulcre accouchait d'une forme olivâtre
Dont les cils dégrafés versaient des regards d'âtre.
Et la foule, béante, ainsi qu'un bœuf mugit.

— L'aurore courtisait les lys de Béthanie. —
Les bras de l'affranchi du manoir sans vantail
Se prirent à tiquer en bras d'épouvantail,
Un grillon fol hantait la mâchoire jaunie.

Lazare s'avança, d'une roideur de fer,
Entre son front hideux fanant les jeunes filles
Et le lent bégaiement des pas à ses chevilles.
Tombé du ciel, on l'eût dit monté de l'enfer.

Les aromes, qu'avec leurs larmes solennelles
Sur sa peau ses deux sœurs avaient voulu verser,
Envahissant son odorat, fesaient danser
Des rides sur sa face et gicler ses prunelles.

L'aquilon répandu des cèdres de l'Hébal
Sifflait dans ses cheveux droits ainsi que des chaumes
Et décrochait les vers dont les têtus monômes
Serpentaient dans les plis poudreux du lin tombal.

Une onde qui passait lui jeta la copie
Du corps qui l'habillait sur la terre autrefois.
Il faillit crouler quand, se trouvant sous ses doigts,
Il eut soudain l'éclair d'une Extase tarie.

Puis il sembla traquer un gibier qui jadis
Devait être sa joie. Il téta sa mémoire,
Mais aucun lait ne vint de la mamelle noire.
Dans ses sables humains sombraient les oasis.

Du clocher de son crâne il supplia les cloches,
Mais vain fut son souhait d'une obole d'airain.
De sa nuque à ses yeux, comme sur un terrain,
Ses longs doigts sarmenteux cognaient tels que des pioches

La splendeur secouée aux branches du savoir,
Son air d'apothéose et ses tapis d'étoiles,
Les arcanes d'en haut sucés jusques aux moelles,
Qui donc put annuler cela d'un éteignoir?

Trahissant la promesse du jeune évangile
Quel triangle lugubre a sur un tronc maudit
Décollé ton génie, ô Lazare interdit
Sous le réveil mystérieux de ton argile?

Enfin qui t'a précipité du bonheur bleu,
L'esprit encore empli de suprêmes délires,
Loin des anges cueillant les diamants des lyres
Alentour de la barbe admirable de Dieu?

Un coq scanda son rhume au sortir d'une étable.
Cette flèche de chant creva le songe épais
Du revenant, sinistre en son drap de décès,
Qui sur le bourg fit choir un œil épouvantable.

Adossé contre un mur qui buvait des lézards,
Il vit au loin grouiller les sordides spectacles
Des vices, commensaux des humains habitacles,
Cauchemars provoquants sous l'astre de leurs fards.

Il vit les dents du faix dans le fruit des épaules,
Les lanières zébrant les torses plébéiens,
Le noir cafard sur les socles pharisiens,
D'écarlates gibets empanachant les geôles.

Il vit des cœurs vidés par les pieuvres du dol,
L'aloès violant la brebis au passage,
L'oiseau de liberté plumé dans une cage,
Le devoir aux égouts traîné par le licol.

Il vit se balancer des moissons de ciguës,
Une ruche géante où s'étageait du fiel,
Des crachats ripostés aux dictames du ciel,
Et sur l'espoir fait nain s'affoler des massues.

Son regard, terrassé par les rais du soleil,
S'agriffa sur son être et s'embruma de larmes.
Ses veines, gargouillant, l'inondaient de vacarmes.
Une bague de vers l'enserrait à l'orteil.

Soudain il eut le cri du rêveur qui se pique
A la réalité, farouche il s'ébranla,
Le suaire gonflé dans l'espace hurla,
De la bave frangea sa bouche épileptique.

Ramassant des cailloux d'un geste de larron :
« Qui donc m'a réveillé ? » rugit-il à la foule.
« C'est ce jeune homme, dont la chevelure coule
En flots nazaréens, qui va vers le Cédron, »

Dit un pâtre. A ces mots, Lazare à l'âme douce
Que Marthe et que Marie avaient d'adieux lavé
Fonça, lourd des vengeurs dont il s'était pavé,
Dans la sente où coulait la chevelure rousse,

Fit des pas de velours à l'instar des intrus,
A son bras insuffla la rage qui lapide,
Ainsi qu'un chat s'arqua d'une courbe rapide,
Brandilla les cailloux et..... reconnut Jésus.

— Le désert s'oubliait dans l'urne des margelles,
La palombe ramait par les ors du matin,
Les coteaux d'Éphraïm bêlaient dans le lointain,
Un paradis montait des fientes de gazelles. —

Alors, incendié de son rôle, couvert
Des yeux du divin Maître, à travers mille lèvres
Chantant gloire, Lazare alla, noble et sans fièvres,
Vers ses sœurs qui riaient près du sépulcre ouvert.

Juin 1885.

GOLGOTHA

A l'abbé Laurent Chailan

GOLGOTHA

Le ciel enténébré de ses plus tristes hardes
S'accroupit sur le drame universel du pic.
Le violent triangle de l'arme des gardes
A l'air au bout du bois d'une langue d'aspic.

Parmi des clous, entre deux loups à face humaine,
Pantelant ainsi qu'un quartier de venaison
Agonise l'Agneau déchiré par la haine,
Celui-là qui donnait son âme et sa maison.

Jésus bêle un pardon suprême en la tempête
Où ses os tracassés crissent comme un essieu,
Cependant que le sang qui pleure de sa tête
Emperle de corail sa souffrance de Dieu.

Dans le ravin Judas, crapaud drapé de toiles,
Balance ses remords sous un arbre indulgent,
— Et l'on dit que là-haut sont mortes les étoiles
Pour ne plus ressembler à des pièces d'argent.

1884.

TABLE DES POÈMES

TABLE

ACHEVÉ D'IMPRIMER

Le douze novembre mil neuf cent trois

PAR

BLAIS & ROY

A POITIERS

pour le

MERCVRE

DE

FRANCE

www.ingramcontent.com/pod-product-compliance
Ingram Content Group UK Ltd.
Pitfield, Milton Keynes, MK11 3LW, UK
UKHW021601260726
13993UKWH00002B/974

9 782329 306803